FINDSCH UNS IM BUECH?

DR GLÄI WAGGIS SUECHT SI DRUMMLE

SARAH MARTIN
JACQUELINE MERTZ

DAS BUECH GHÖRT: _____

OH NÄI, DR GLÄI WAGGIS FINDET SI DRUMMLE NÜMM! DRBI ISCH DOCH GLI FAS-
NACHT UND OHNI SI DRUMMLE KA ÄR DOCH NIT AN MORGESTRÄICH. UND SCHO
GAR NIT AN CORTÈGE!

«Was machi denn jetzt?» dänggt är truurig. Und denn kunnt ihm in Sinn, was si Grossbappi immer säit: Wenn du öppis verloore hesch, muesch überleege, wo du überall gsi bisch und döört muesch go sueche.

«Oh jä, das isch e gueti Idee. Loos gohts!»

ALS ERSCHTS GOHT ÄR IND GRIEN 80. DÖÖRT IEBT ÄR NÄMLIG VOR DR FAS-
NACHT IMMER S MARSCHIERE MIT SINERE CLIQUE.

«HALLO DINO! DIIIINOOOO! GUGUS, DO UNDE BIN!! DU BISCH DOCH SOOO GROSS. GSEHSCH DU VO DIR OBE IRGENDWO MI DRUMMLE?»

«MHMM..., AHH DO BISCH. NÄI, DIE GSEHNI NIENE. ABER S MÜNSCHTER ISCH NO VIIL HÖÖCHER ALS ICH. VO DÖÖRT GSEHSCH GANZ BASEL, VILICHT ALSO AU DI DRUMMLE.»

Uff... schnuuf... ächz... krampf... das sin sooo vili stäägedritt bis uf dä münschterduurm.

«Tutuu tutuu» posuune d'Duurmblöser. «Gli hesches gschafft, gläi Waggis. Nume no bitzli witer, denn bisch zoberst!»

«VO DO GSEHT ME JO WIRGLIG DIE GANZI STADT. WIIT UNDE SOGAR D FÄHRI! DR FÄHRIMAA GHÖRT DOCH ALLERHAND GSCHICHTE VO DE LÜT, WO MIT IHM ÜBERE RHY FAHRE. DÄ WÄISS BESTIMMT, WO MI DRUMMLE ISCH!»

So schnäll är ka, rennt dr Gläi Waggis die zwäihundertzwäievierzig Säägedritt wider durab.

«Fährimaa, wart uf mi, i kumm au no mit! Bitte waa-art!» Aber dr Fährimaa isch viil zwit ewägg und ghört ihn nit.

«Töröö Töröö! Mir hälfe dir!» riefe d'Elefäntli vo dr Pfalz. «Mir drumpeete em Fährimaa, dass är uf di warte söll. Töröö Töröö!».

Ui, gradno het dr gläi Waggis ufd Fähri könne gumpe.

«Fährimaa, wäisch du, wo mi Drummle isch?»

«Näi, läider nit. Aber gang doch mol ins Museum Tinguely. Dr Jeannot het alles, wo är gfunde het, in sini Kunschtwärk verpackt. Vilicht isch di Drummle Kunscht worde!»

TUUT TUUT... BRUMM BUMM... KLING DÄTSCH TSCHÄTER PFFF...

BOTZDUUSIG, DAS ISCH JO GAR KÄI LANGWILIGI KUNSCHT DO! DR KLAMAUK, DR PIT-STOP UND DR HIPPOPOTAMUS SIN RICHTIGI KUNSCHTMASCHIINE, WO DRÜLLE, FAHRE, KLÄPPERE, RAUCHE UND SOGAR STINGGE! UND ERSCHT DIE GROSS-HARMONISCH-PÄNDAMONISCH-MÉTA-MAXI-MAXI-UTOPIA! UF DERE DÖRF ME SOGAR UMEKLÄTTERE! NUR D DRUMMLE ISCH NIENE.

«ABER GLÄI WAGGIS» RIEFE D LÜT «DU MUESCH ZUM FASNACHTSBRUNNE VOM TINGUELY! WENN ÄR DI DRUMMLE NÖIME IBAUT HET, DENN DOCH DÖÖRT!»

ALSO SCHNÄLL ZRUGG ÜBERE RHY UND AN DR PAPIERMÜHLI VERBII.

«QUAK QUAK» GWAAGE D'FRÖSCH VOM GROOSSE WASSERRAAD. «GLÄI WAGGIS, NIT SO SCHNÄLL! ZÄICHNE DOCH NO ÖPPIS MIT UNS, MIR FABRI-PRODU-BASCHTELLE-FIZIERE DOCH DR GANZI DAAG ZÄICHNIGSPAPIER MIT UNSEREM SCHÖNE RAAD.»

«KÄI ZIT, KÄI ZIT, ICH HA DOCH KÄI ZIT! I MUESS MI DRUMMLE FINDEEEEEE...» UND SCHO ISCH ÄR WÄG.

Jä sapperlot! D Spinne, dr Gwaggler und all die andere Skulptuure vom Tinguelybrunne hän jo gar nüt mit dr Fasnacht z'tue! Das sin Theaterfiguure und die spiile jetzt an dere Stell mitem Wasser, wo friener d'Schauspiiler uf dr Bühni vom alte Stadttheater ihri Stügg gspiilt hän.

"Genau s Theater! I bi doch im Kindertheater gsi go luege, wie si drummle und pfiffe. Döört muessi hi!»

Singend und pfiffend macht sich dr Gläi Waggis ufe Wääg zur Märlibühni.

«Pfudigääggi, was stinggt denn do so fuul und moodrig? Das isch jo gruusig!»

«Das bi iich.» krächzt die Alt Frau Schönauer. «Ich bi e Gspängscht. Du muesch aber käi Angscht ha vor mir. I bi e liebs, nur schmögge dueni nit so guet. Du suechsch di Drummle, gäll? Do isch si nit, aber vilicht im Theater vom Harlekin im Gläibasel.»

«HARLEKIN, HARLEKIN, ISCH MI DRUMMLE ÄCHTSCH BI DIR?»

«DI DRI-DRA-DRUMM-ELLE? NÖ'Ö! ABER SAPPERLOTTIBOHNESPATZGIDONNERGRUMMELNONEMOLL, DIE HET BESTIMMT DR UELI GSTIBITZT. DAS ISCH NÄMMLIG E FRÄCHE LUUSBUEB. DÄ MACHT IMMER SO SCHABERNAGG. GANG ZUM HAAFE UFS NARRESCHIFF GO LUEGE. DÖÖRT FUULÄNZT ÄR NORMALERWIIS DR GANZI DAAG.»

«Uii, die viile Schiff und Container. Do findi dr Ueli und mi Drummle jo nie. Amänd isch si no ins Wasser gheit und drvoo gschwumme. I wäiss nit, woni no söll sueche. I mag nümm, i gib uff. I bi mied und i ha Hunger. I fahr jetzt mitem Drämmli zu mine Fründe und sagene, dassi das Joor nit ka mitmache an dr Fasnacht.»

Wo är in Park kunnt, gits zum Glügg grad zvieri.

«Aber du Gwaggli, wäisch denn nümm?» lache sini Fründe. «Mir sin doch alli zämme im Zolli gsi und du hesch di drummle aneglegt, damit du besser kasch umespringe und umeklättere. Kumm, mir kömme mit und hälfe dir bim sueche.»

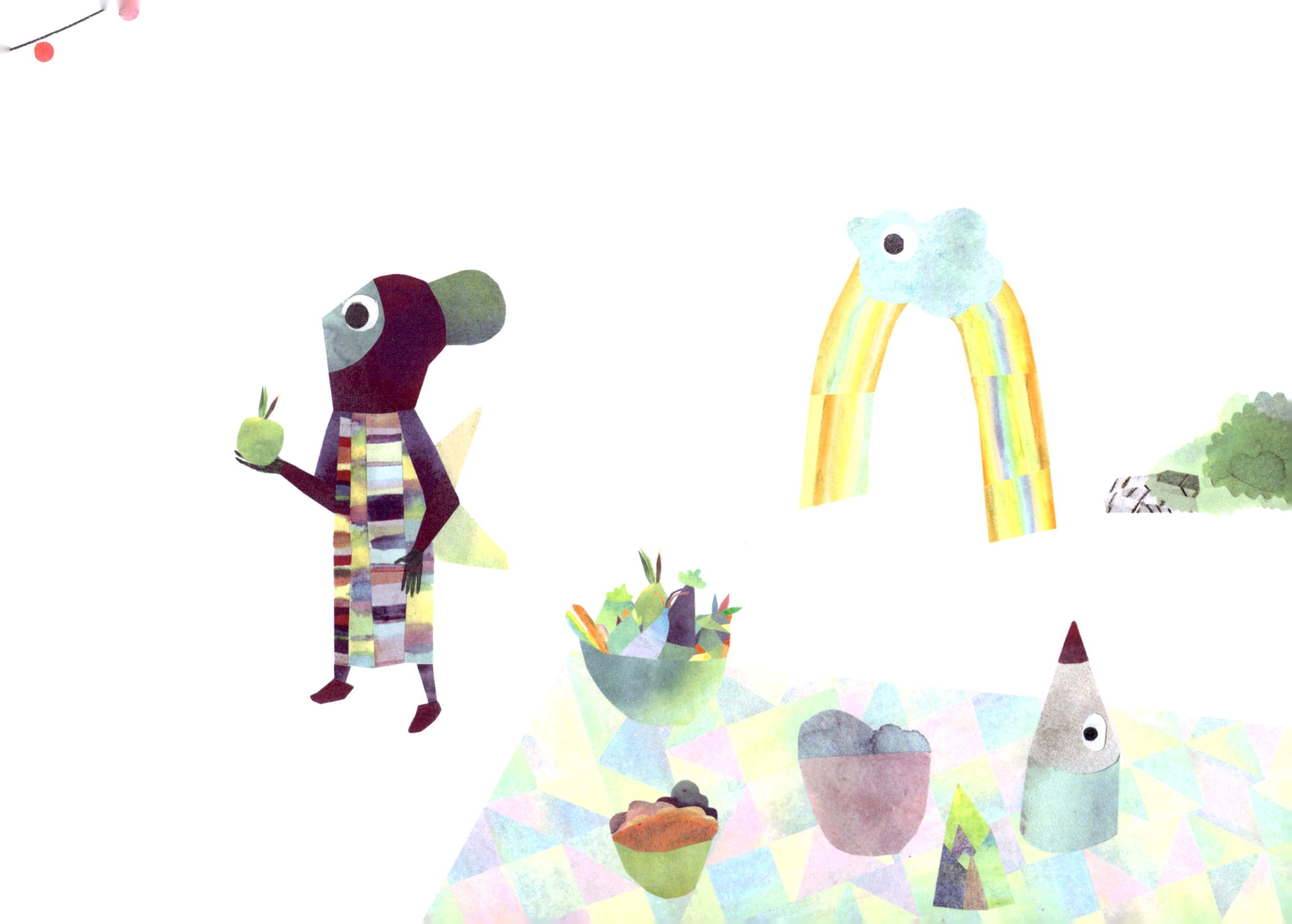

«PFFFFFFFF... ISCH DAS E MÄIS IN DÄM ZOLLI!» SCHNAUBT DR WILHELM, S NILPFÄRD. «DIE AFFE MACHE JO IMMER E HÄIDELÄÄRME, ABER SIT GESCHTER ISCH DAS BARUMM-DA-DA-BUMM NÜMM ZUM USHALTE. NIT EMOLL UNTER WASSER HANI MI RUEH! PFFF...»

BARUMM-DA-DA-BUMM? DAS TÖNT NOCH DR DRUMMLE! SCHNÄLL ZU DE AFFE!

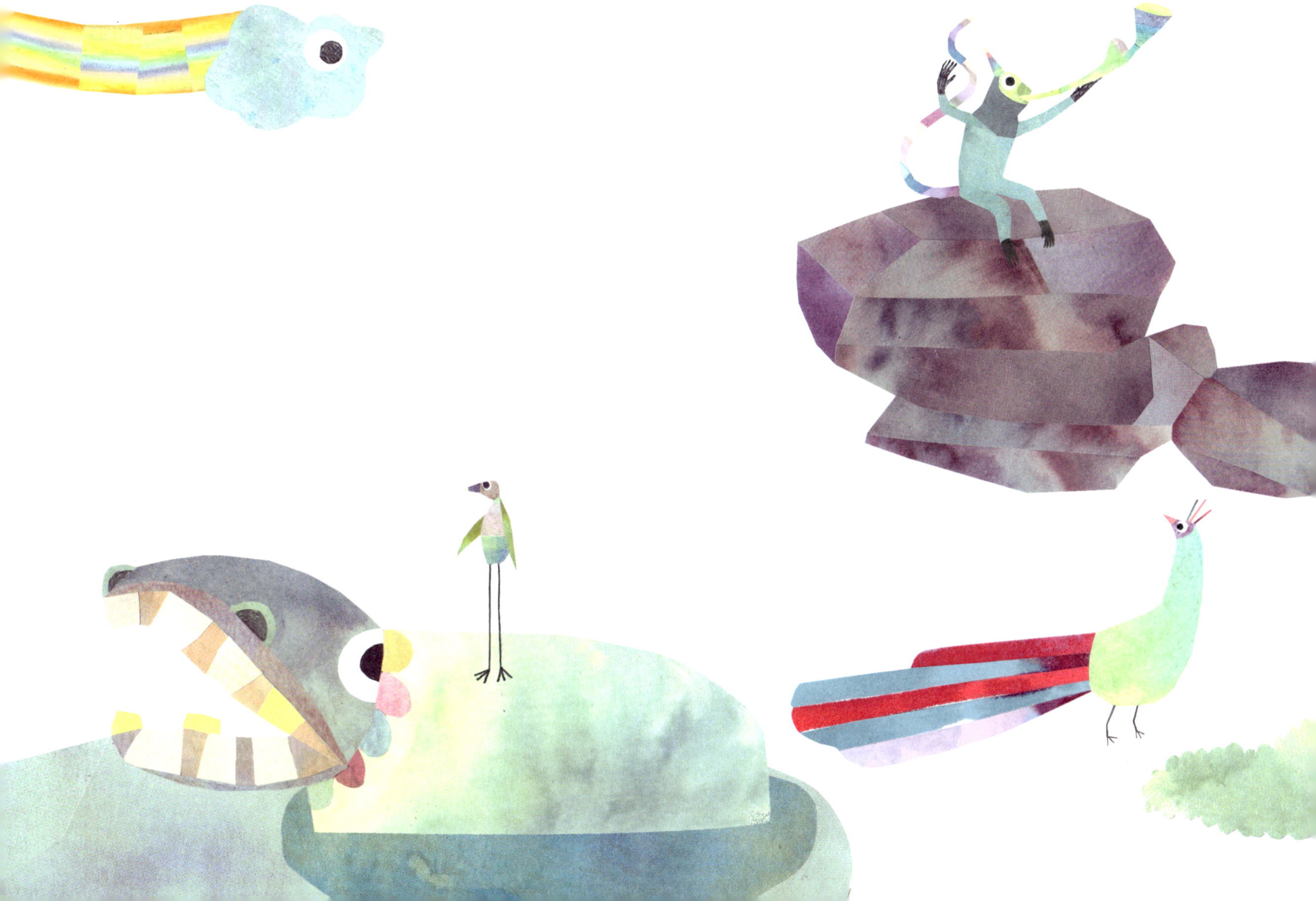

UND TATSÄCHLIG! DO ISCH SI JO, DIE DRUMMLE! BI DE AFFE!
JUHUUUU, DR GLÄI WAGGIS HET SI DRUMMLE WIDER UND KA JETZT DOCH MIT SINE
FRÜNDE AND FASNACHT! JUHEE, JUHUU, JUDIHUI!

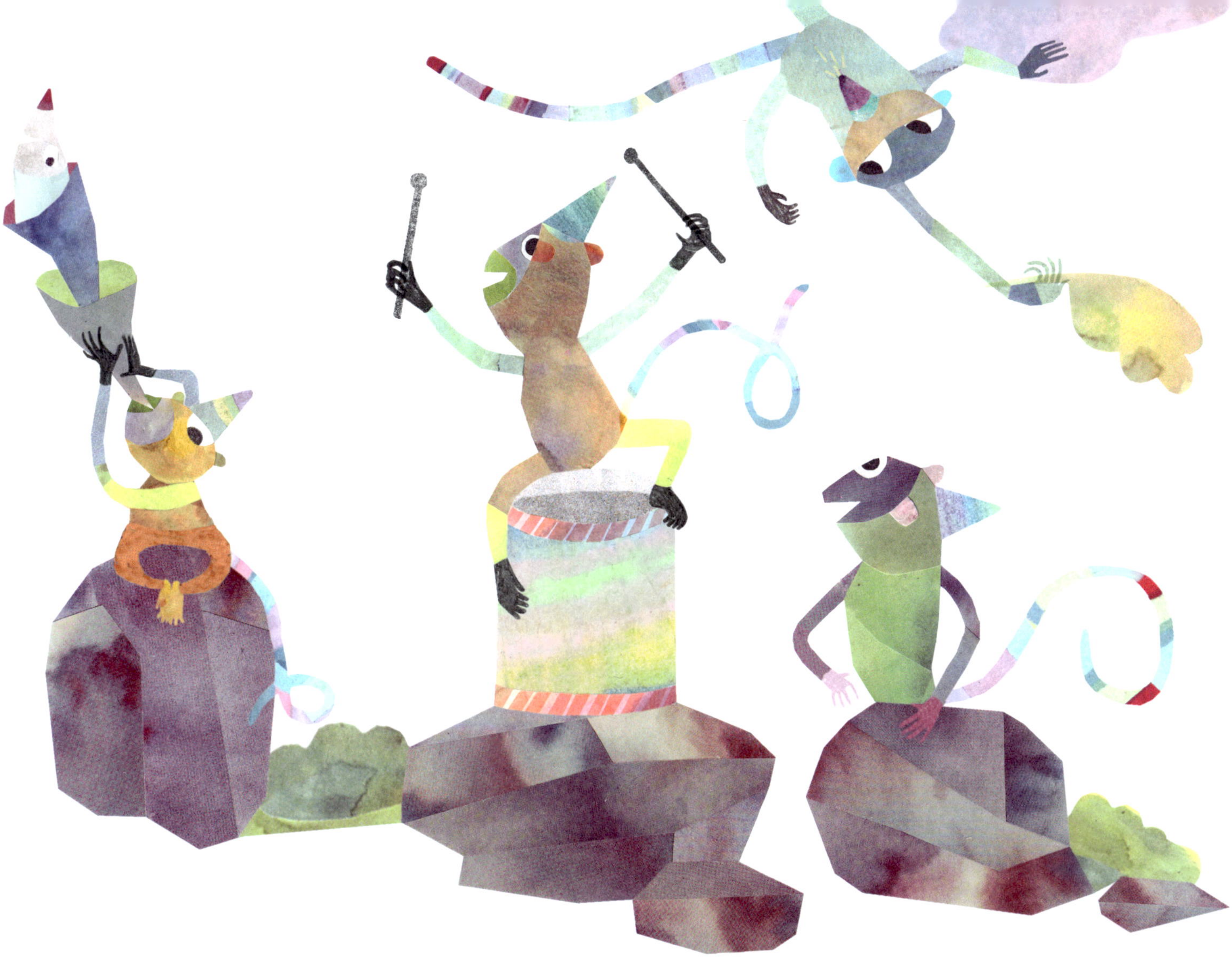

BARUMM-DA-DA-BUMM
BARUMM-DA-DA-BUMM
BARUMM-BARUMM-BARUMM
EM GLÄI WAGGIS SINI DRUMMLE
ISCH ÄNDLIG WIIDER DOO.
MIR DANZE IM RUNDUMMEL
UND ALLI SIMMER FROH!

WO ISCH SI GSI, WO ISCH SI GSI?
WO HET SI SICH VERSTEGGT?
BIM DINO NIT, UFEM MÜNSCHTER NIT
UND AU NIT IM KLYBEGG. NEI...
IM ZOLLI BI DE AFFE, DOO HET SI IHR FESCHT!
JETZT KÖNNE MIR ALLI AND FASNACHT,
DAS ISCH S ALLERBESCHT!

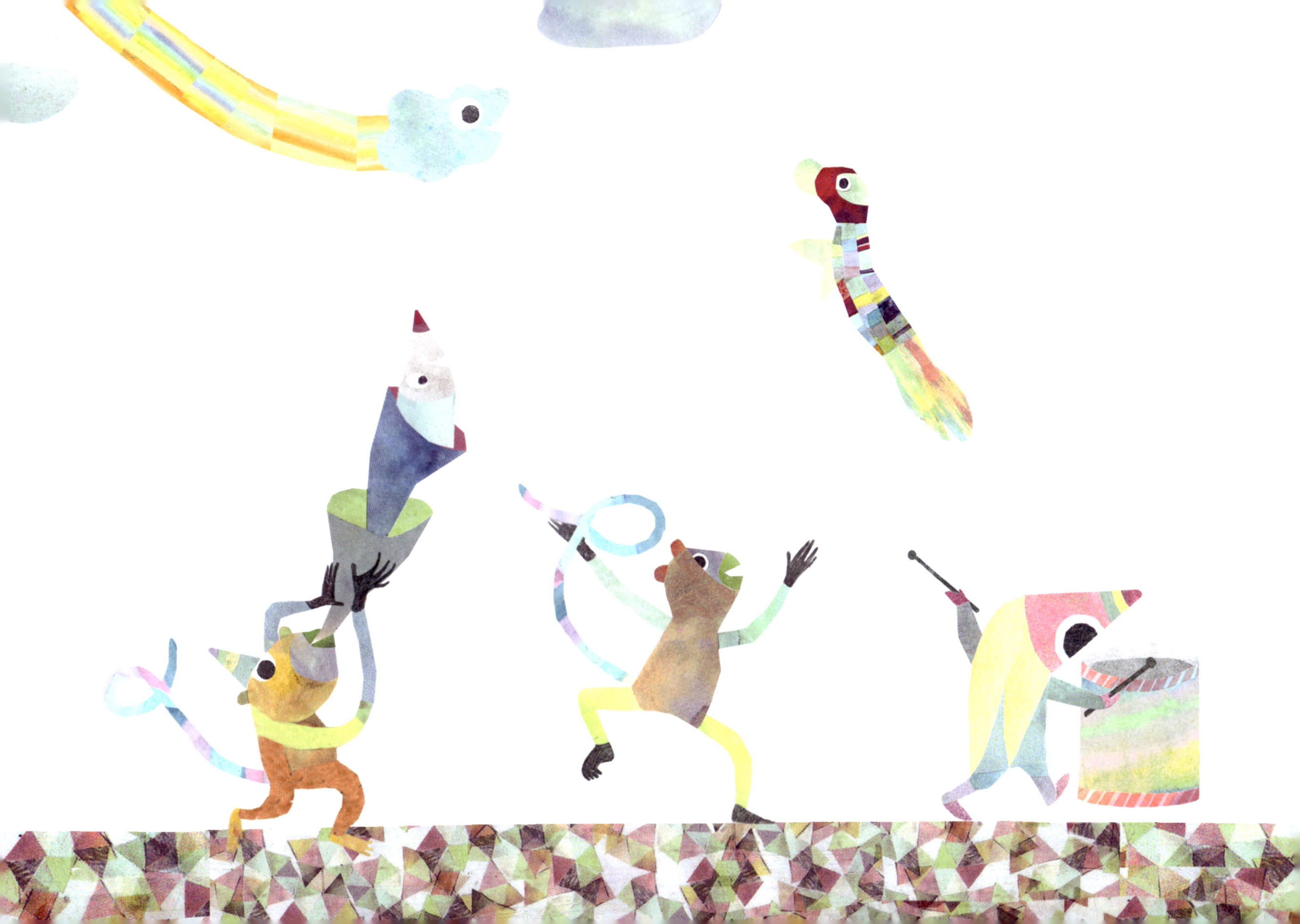

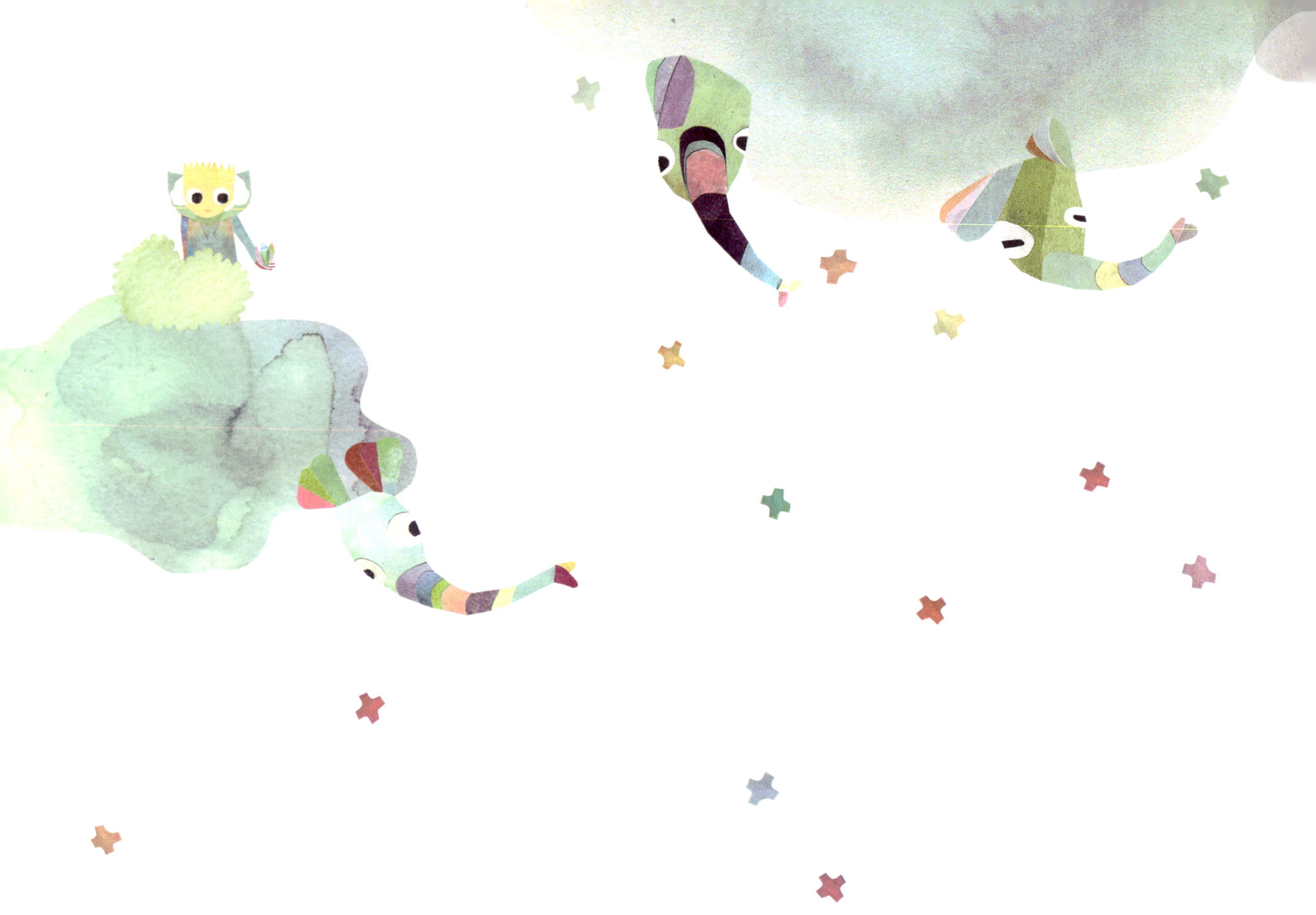

Hesch d Königin gseh in dr Grien 80?
Was macht die ächtsch döört?

Und gits uf dr Pfalz wirglig Elefante?

Oder wär isch eigentlig dr Ueli?

Alli Antworte, s Waggisliedli zum lose und anderi spannendi Sache findsch uf www.glaiwaggis.ch

Dr Gläi Waggis fröit sich uf di Bsuech!

1. AUFLAGE JANUAR 2013, BASEL

ERZÄHLT UND HERAUSGEBEN VON: SARAH MARTIN
ILLUSTRATION UND GESTALTUNG: JACQUELINE MERTZ

DRUCK: GREMPER AG, BASEL/PRATTELN
BINDUNG: GROLLIMUND AG, REINACH BL

www.glaiwaggis.ch

ISBN 978-3-033-03835-6

© ALLE RECHTE VORBEHALTEN

ClimatePartner°
klimaneutral

Druck | ID: 53229-1301-1002

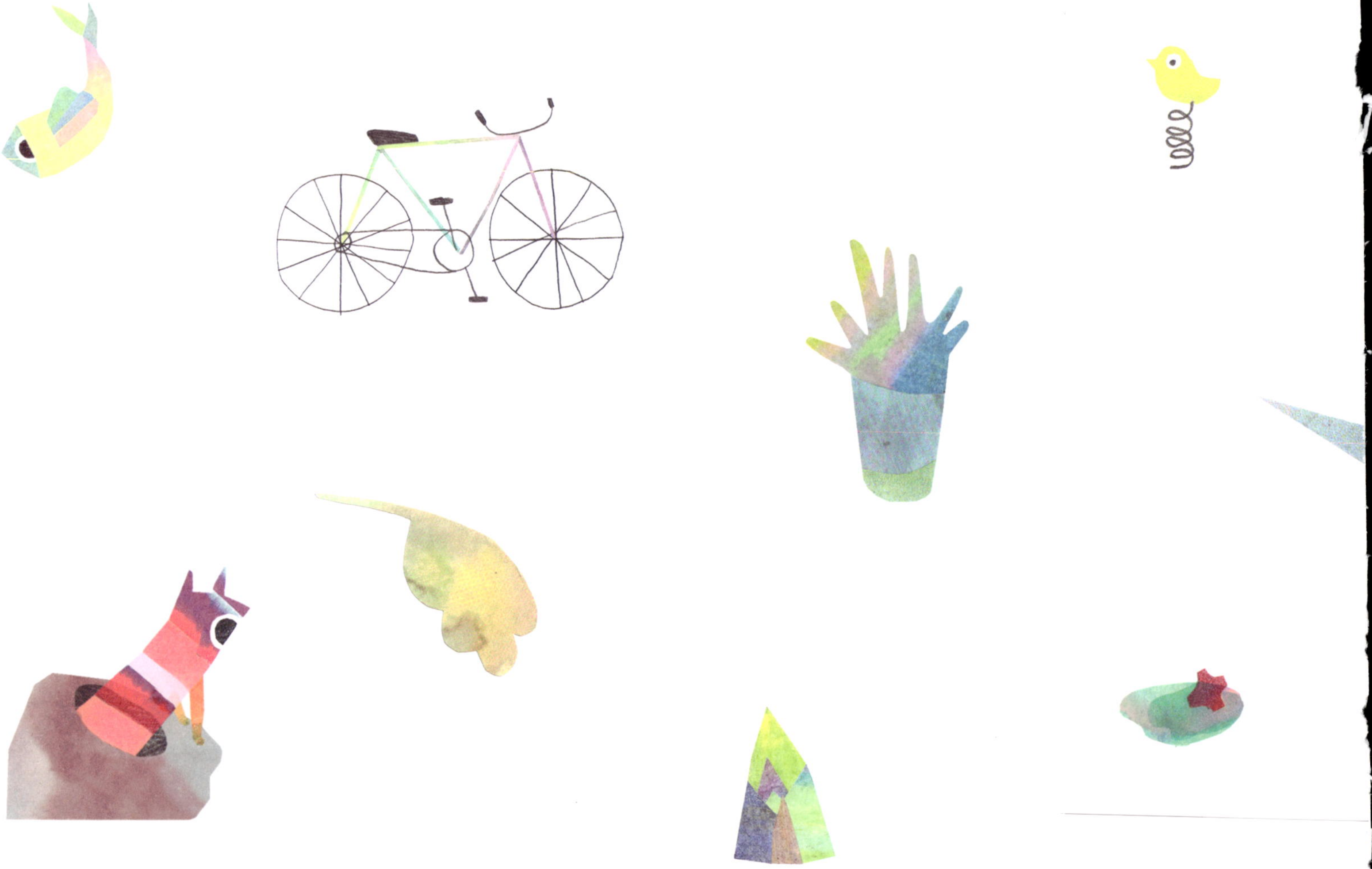

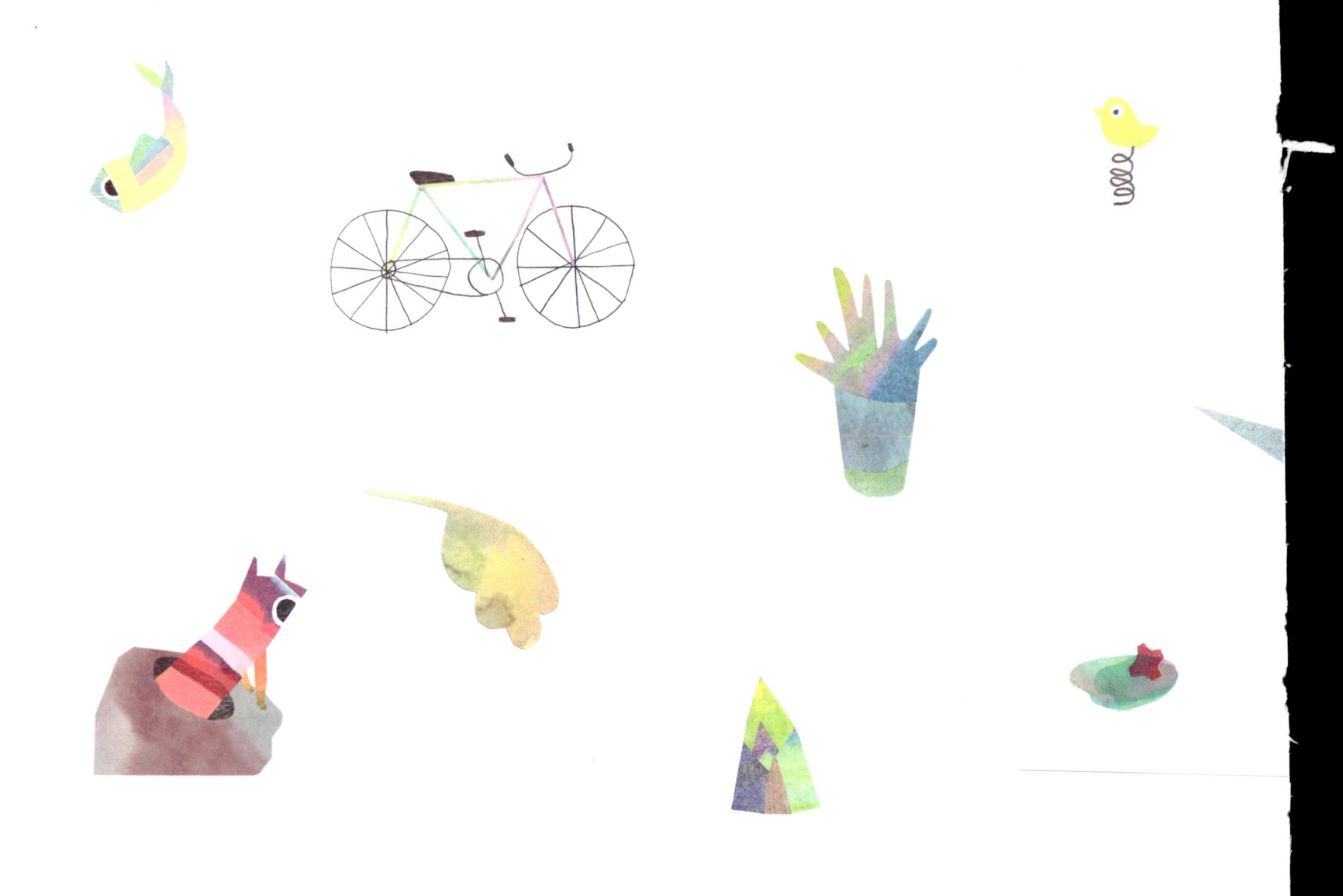